从传统走来 当代国画名家解析历代国画大师作品

范扬 解析 王原祁

天津人民美术出版社

范扬简介

1955年1月生于香港。祖籍江苏省南通市。1978年入南京师范学院美术系学习，1982年毕业。现为南京师范大学美术学院教授、博士生导师，中国美术家协会会员。

作品多次参加全国大型画展并被中国美术棺、上海美术馆、江苏省美术馆等收藏。代表作有《支前》、《皖南组画》等。出版有《水浒人物全图》、《范扬画集》等书。

重读王原祁

范扬

范扬　速写

王原祁（1642—1715），字茂京，号麓台，太仓人，王时敏之孙。家学渊源，精通画理，进士出身，入仕吏部。后供奉内廷，为康熙帝所赏识，命其鉴定内府书画，主持编辑《佩文斋书画谱》。官至户部左侍郎，翰林院掌院学士。身世显赫，画名大噪，从者如流，蔚然成风。由是，遂使娄东派鼎盛一时。

我认为，王时敏、王鉴、王翚、王原祁“四王”之中，王原祁成就最高。

王原祁学黄公望、董其昌，其题画自述云：“余弱冠时，得闻先赠公大父训，迄今五十余年矣，所学者大痴也。华亭血脉，金针微度，在此而已。”麓台来历意趣，当在此矣。

王原祁山水，从黄公望浅绛一路杀出，卓然自立面目。王原祁作山水，并不拘泥于实景地貌，亦常用拟古为题，或曰仿大痴、仿云林、学黄鹤、学松雪，写李营丘、高房山等，而其实是借题发挥，经营着自己的胸中丘壑。

我在教学中，常常与学生作比喻说，徐渭可比凡·高，而麓台则略近于塞尚。

就画面结构来看。塞尚以立方、圆锥为体用入画，分析内在框架，讲究构成，故画面结实而稳定。麓台以大小块磊为基本元素，移山叠石，植树造林，摆布云水道路，安排屋宇溪桥。开合转承，宾主揖让，在乎麓台腕底矣。

所以，读王原祁的画，并不在于讲求某图某幅某石某树之精妙笔墨，而在于其整体作品的雄强自信，在于其对自家山水的确认确立。

王原祁的作品精神内敛而极具张力，厚实蓄势而沉静清亮。

就笔墨而言，王原祁善用涩笔干墨，不使圆熟。其下笔苍然，毛、厚、重、留从子久浅绛法中出之。淡墨清亮，润之以色，当是学董华亭之心得。

画云气，布白如剪影，使之映照山石林木之形影，是高妙手法，抽象意味。而后或有人不悟，讥之为呆板嚼蜡，却

王原祁《竹溪松岭图》（局部）

如有人笑塞尚笔法愚钝，实是不知高明所在，只能自证低俗。古今中外，事体略同。

王原祁的勾勒皴擦，多用干笔，反复为之，愈加愈厚。其下笔如金刚杵，处处着实，故山石四面峻厚。其垒石成山。结结实实，可以长久，耐得住暑往寒来，耐得住千秋岁月。

王原祁作雪景、夏山、春晓、秋霁，皆出于己意，四时虽不同，山川却依旧，画面上只是提示式的点题照应。麓台画的是山水的本质，不仅仅是皮相。

画流泉，以山石树木映衬，使远望如白练一束悬挂山崖。画水口，以三五笔出之，全凭感觉，可以意会。

麓台山水中，点景多用屋宇亭台，桥梁道路，不见人物。此亦是其作画特点。

我学麓台，亦是接之愈近，仰之弥高。

初看时，亦不知深浅，只是直觉感受到麓台画面沉着之中颇具内力，似壮士引弓，张弩不发而劲力饱满。

我记得有一本王原祁作品的挂历，我挂在画案对面许多时，久看也不生厌。不知不觉中，笔下便跟进了。细细读来，麓台也是石分三面，树有四歧，不见得有什么特别的方法。其笔法也生涩，绝无纵横挥洒之态势。但看得时间长了，渐渐觉得“此中有真意，欲辩已忘言”矣。

艺术作品是要有精神贯注的，麓台的精神贯注于画

范扬　速写

王原祁　《仿大痴山水》

范扬《内蒙古热水镇》 38cm × 7022 1995

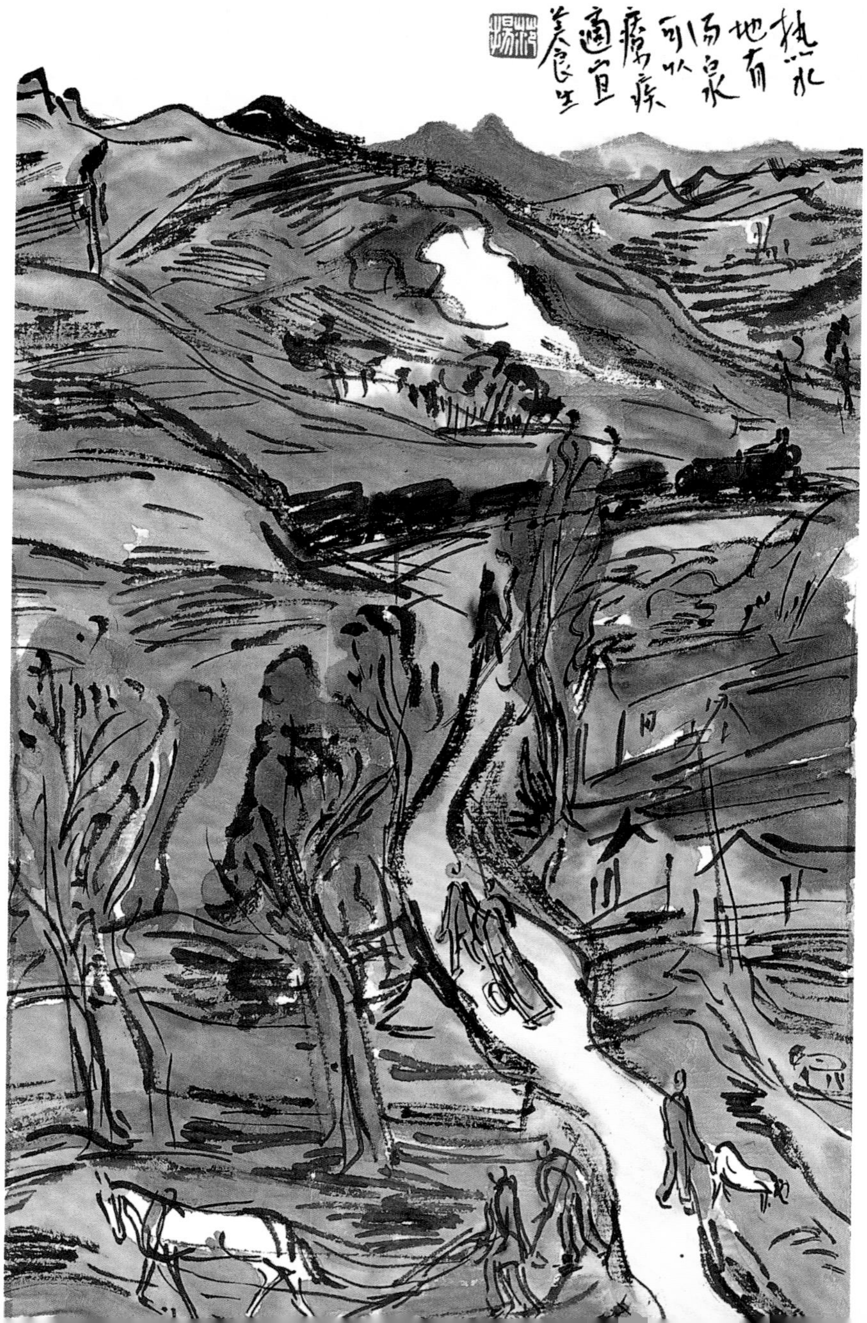

王原祁《九日适成图》（局部）

面，我直面多时，受了感染，不期然地得了教化，悟到了好处，这就是我的学习方法。

我学王原祁，从画面来看，也是山石累积，大小照应，密以衬疏。画面亦大多有天头地脚，位置经营上层叠推移。多用杂树，辅之以点叶夹叶。壅塞处掩以白云，流泉则空白空勾。着色无多，浅绛为主，偶作青绿，亦以厚实为要。

前不久，我去河南采风，到了黄土高坡。走过荒山土岭、村落人家，画了不少速写。作画之际，看到坡岸沟壑、块磊叠加，不觉就体会到了王原祁作品的画面结构和位置经营。麓台虽不是画的西北黄土坡，但事与物一理也。我的学习，也就不仅仅在于一坡一石式的亦步亦趋，而在于画理上的把握。

我觉得，对王原祁，我们还要重新认识。时隔三百年，我们看到了王原祁对于绘画本质的一种自我界定。在这个界定中，山林云泉只是符号和道具，它们是要听人摆布的。在摆布中，艺术家渗透了他自己对这个天地的诠释。在这里，天地为我所用，山河任我收拾，物我两忘，物我交融，我虽不在山中，而山中无处不有我在焉。在这个过程中，王原祁以其卓尔不群的见识，使其艺术精神一以贯之。而这个精神的背后，有着学养和阅历的支撑，有着家族和地域文化的滋养。由此，确立了作者的品性格局，从而丰富了民族艺术的精神内涵。

正是因为其精神上的光芒，故而无碍于时空，使今天的我们看到了其作品的内在力量，看到他个体生命的精神性。

而这种精神性，不正是现代的艺术家们所崇尚、所追求的吗？

这就是王原祁给我们的启迪。

范扬　速写

范扬　速写

王原祁《九日适成图》（局部）

王原祁《仿王蒙松溪山馆图》(局部)

王原祁《粤东山水》（局部）

试以王原祁及范扬的作品做局部比较

峰峦起伏，主宾揖让，两画略似；白云掩映，林木扶疏，形影略同。山脊走势，坡峰相间，亦有通同之处。

范扬《国山烟寺》（局部）

此麓臺做曹雲西法運筆峭拔竹木堅瘦非其本色頗極有生韻予竟日披對殊忘身在塵世间矣
白石孤松下喬柯領竹枝
春回將布暖莫負歲寒時
壬午冬夜漫筆示
玉培
麓臺祁

王原祁《乔松修竹图》，作长松杂树，茂林修竹，树分四歧，起伏照应。

范扬《林泉高致》 110cm × 40cm 2002

《林泉高致图》与《乔松修竹图》异曲同工。

同样，在山脚坡岸作茅舍水榭，临清流，畅神思，隐逸山林，二者之意趣相近也。

王原祁《溪山林屋图》（局部）

范扬作品

作杂树用点叶、双勾法。树干左右顾盼，起伏参差。山林之侧有流泉映带，有水则灵焉。

王原祁《仿大痴山水》（局部）

范扬《江南雨后山》（局部）

山中楼阁，水边亭榭，可居可游。

王原祁《粤东山水》(局部)

霜落云端万壑幽，白云红叶入溪流。

白云悠悠，起于半山。山峦静而云影动。此两图最相似处在云头。

其余若浅绛山石，花青杂树，秋山几叠，林屋幽深，皆一理也。

范扬《山色苍润》(局部)

王原祁《仿李成烟景图》

《仿李成烟景图》乃王原祁的典型画法。
画题为仿李营丘，其实也只是作画之由头。由此起兴，作自己的画。

技法演示

我学麓台，取其大概。

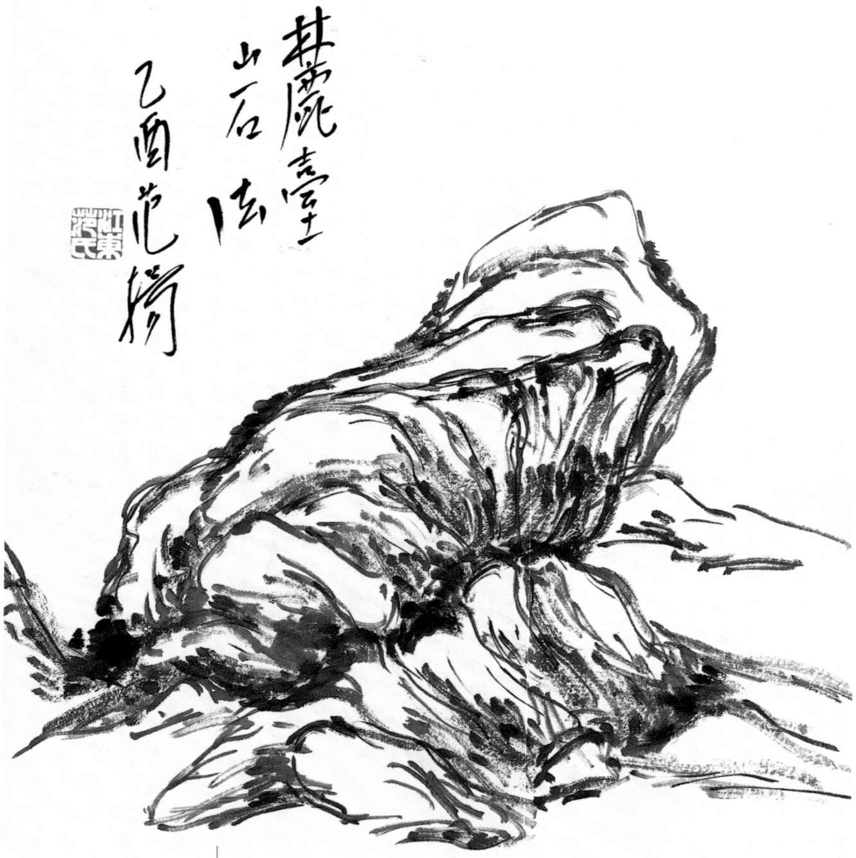

范扬《平生最爱云林子》（局部）

麓台山石，石分三面。勾勒框架，加以皴擦，使之厚实。叠石推举，呈上升势态。

麓台树法，树分四歧，左右映衬，伸臂布枝，有若舞之蹈之。

范扬《林泉高致》（局部）

麓台作水口，以两侧山崖压出空白，勾以水纹作流泉。泉取其势，自高处跌落，顺流曲折，渐趋平缓。

点景茅屋，二三成组，屋顶用赭石设色，檐下空白，亦是画面留眼透气处。

王原祁《山庄平远图》

山石叠加，大小累积，尤是麓台特色。

王原祁《山庄平远图》。前景作树木三五株，林木之后有山庄略现。然后叠加坡石，次第推移。中景峰峦以块石垒成，使大小相同，疏密互衬。

淡墨作远景坡岸，显映出大块湖面，更显平远景深。

王原祁《山庄平远图》(局部)

王原祁《粤东山水》

《粤东山水》用黄公望浅绛法。山脚长坡，峰顶矾头，略似子久意味。此图妙处，在于云气。

悠悠白云，起于湖岸，升腾树梢，蜿蜒起伏，在半山腰。空白之妙用，剪影之趣味，是拙朴处亦正是其精妙处。看官须仔细体会，方知真味。

王原祁《粤东山水》（局部）
点叶夹叶作杂树，前后参差。

王原祁《仿王蒙松溪山馆图》

王原祁仿王蒙，山头走势略似，而牛毛皴法并不明显，画的还是王原祁自己。

师古人时切记不可失了自身。

要常常自问，我是谁。

范扬代表作品

姑苏水巷 180cm × 45cm 1997

姑苏水巷，我曾所见。

小船荡过桥头，但见水波荡漾，左右摇曳，波光闪烁，由近及远，尽头处是在桥洞里。

小桥流水人家，古人早有吟唱。

而今我画水巷，亦是有感而言。

泾县小岭遇雨　68cm × 40cm　1997

与友人游泾县小岭，寻幽探胜，途中遇雨，因得斯稿。自觉画出了一点雨意。雨意在瓦屋上，雨意在树梢头。

泾县小岭遇雨（局部

忘迹得趣（局部）

忘迹得趣　137cm × 48cm　2004

先觀天真
後觀筆墨
相對忘迹
方為得趣
甲申范揚

此图笔墨厚实，精神处从王麓台画中来。

山林清话（局部）

山林清话 140cm × 35cm 2003

此图颇似王麓台，山石林木，皆用重墨。石畔欲眠，琴囊可枕，入室清风，对饮明月。

我用重墨湿笔，与王麓台干笔皴擦有别。

寒林雪霁（局部）

寒林雪霁 60cm × 50cm 2002

空山雪霁，漫天皆白。
雪后茅堂，酒余呵笔。
画雪景当使观画者凛然有寒意焉。

独坐看黄庭　100cm × 50cm　2003

独坐看黄庭（局部）

青绿设色作山水，与浅绛法亦同一道理。

山路空翠　120cm × 60cm　2002

树法颇似王原祁。
注意瀑布流泉画法和山亭点景。

山路空翠（局部）

丘壑自然之理　120cm × 35cm　2003

空山不见人，画法王麓台。

我家墨法我家山　130cm × 60cm　2003

众人皆醉我独醒，我家墨法我家山。

墨海中立定精神，混沌中决出光明。我之所愿也。

九遮山　240cm × 120cm　2002（局部）

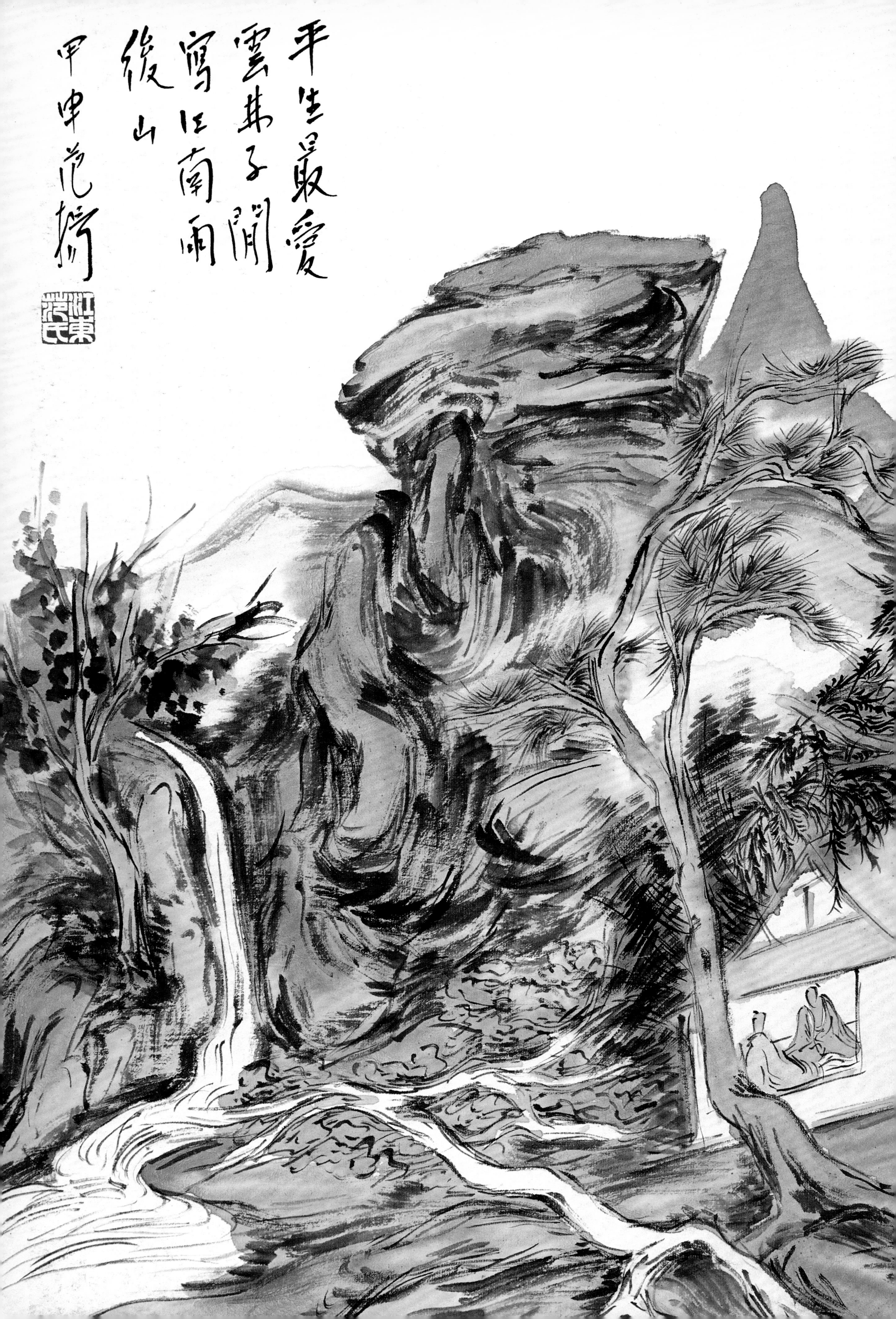
平生最愛
雲林子開
寫江南雨
後山
甲申范揚
江東范氏

平生最爱云林子　50cm × 40cm　2004

淡墨轻岚写秋山　127cm × 40cm　2004

作画沉着痛快，殊为不易。

法备气至，纯任自然，庶几近乎道。

浑厚华滋　110cm × 68cm　2003

浑厚华滋，方为得趣，水墨交融，象外之美。